ワタクシトイウ存在ノ鳥

高波忠斗
Tadato Takanami

港の人

ワタクシトイウ存在ノ鳥

ワタクシトイウ存在ノ鳥　目次

鳥たちのためのバラード

詩人の朝　10
春風のたわむれのように　13
契り　16
夏の終りに　19
ハリケーンのような恍惚が　22
昨日　25
跳べ　28
聖なる夜に　31
ワタクシトイウ存在ノ鳥　34
夜だけがこの世に満ちていて　37
ハイビスカスのしわぶきのように　40

復讐　43

戦場のパルティータ——詩人M、『野火』を行く

第一番　歩く眼　51

i（無言を抱きしめて…）　52
ii（真っ暗なランプをともして…）　54
iii（空のかたちは蛇だ…）　56
iv（花のほうへ…）　57
v（敵なのに…）　59
vi（ぼくは生きたいと思っている…）　60
vii（ここにあるのは血と屍だけ…）　61
viii（ぼくの右手が動く…）　63

ix（丘に向かって…） 64
x（そこ、食べてもいいよ…） 66
xi（それがぼくの名を呼ぶ…） 68
xii（おまえも食ったんだぞ…） 69

第二番　蛆の楽園　71

i（これはぼくなのだろうか） 72
ii（無言が走り出している） 74
iii（いのちのはじまりのように） 77
iv（ミクロコスモスの影） 80
v（マラリアかマリアか） 84
vi（ボクハボクノボクニナリタイ） 87

第三番　夢魔の嵐　93
i（ぼくは世界のどこにいるのか）　94
ii（無音のように落ちつづけて）　96
iii（死と太陽のはざまで）　98
iv（あふれる自我）　102
v（夢魔は死んだ）　108
vi（曙）　114
闇夜のラプソディー
蛇　118
きみといっしょに　120
沙羅の風　122

神様のデート　124
一枚の若葉　127
妄想するマネキン　129
告白　132
カノン　134
敗残の犬　136
ほんとうのことば　140
リカ。——あるいは詩　142
かたちのないもの　144
「戦場のパルティータ」について　146

鳥たちのためのバラード

詩人の朝

灰色の詩人よ
心に朝陽のざわめきもなく
あるといえば憂き雲の羽音だけの
空っぽの貝殻よ
もはや街に春の匂いはなく
花々は瓦礫の上だけに咲いている
あるかなしかの希望の舌を揺らして
非在の種子を散らす子供までもが
無法な嵐の餌食になろうとしている
こんな荒れ果てた眠りの浜辺で

貧しい死の未来など思い描いて何になろう
存在の海にわずかに浮かぶ陽の道を
ことばのナイフで切り刻んで何になろう
そう思いながらきみは
かたくなに心の眼を閉ざしている
だがそれでは朝はやって来ない
荒涼とした地平にしっかと立ち
眼にうつるありとあらゆるものを切り刻め
そうして心が陶酔の瞬間を得たとき
切り口にみずみずしく浮かびくるもの
それが憎しみの影であっても
うら悲しさの光であっても
そんな影から生え出る芽があるものだ
そんな光から羽ばたく鳥があるものだ
見よ　かつてきみに切り刻まれた海に

新たな陽の道が拓けようとしているではないか
鈍色の波のうねりが
いのちのうたに変わり始めているではないか
これが朝の始まりだ
きみだけの朝の始まりだ

春風のたわむれのように

すべての動きをとめたあなたを
森羅万象が見つめています
あなたの豊かな髪のなかから
小鳥の声が静かに流れています
黙りつづけているあなたを
抱いてもいいですか
春風のたわむれのように
そっと抱きしめてもいいですか
あなたは熟しかけの夢のなかに
ぼくたちの未来を開くための鍵を隠してしまった

行き場を失くしたぼくは
まるで檻のなかに迷い込んだ野良犬のようです
あなたのために祈りながら
あなたを傷つけたこともある手
そんなぼくの手で
あなたを抱いてもいいですか
眼の奥に広がるあなたとぼくだけの空を
一人で抱きしめてもいいですか
あなたが動かなくなっても
雲にはりついたあなたの微笑みは消えません
あなたの沈黙のむこうからは
あの日のあなたの甘いささやきが
今でもはっきりと聞こえてきます
ぼくの心の網目からしたたり落ちるインクが
色を失った空をふたたび青く染めるまで

あなたを抱いてもいいですか
あなたの髪が小鳥の声の大きな房になるまで
そっと抱きしめてもいいですか
菜の花の薫るこの場所で
春風のたわむれのように

契り

波立つもの
震えるもの
すべてを沈黙に結晶させ
君は僕の心に流れる星となった
そうして契りはたしかにやってきたが
その影はついに愛をもたなかった
唇と唇が抱き合う暗がりで
かたわらの花はしばしば微光に揺れたが
互いの心に流れる星は
明るい光を宿すことはなかった

君よ
行ってしまった君よ
あるだけの血を時の骨にまぶし
数々の虹の棘をくぐり抜けて
どうしてまたここにやって来たのか
昼となく夜となくざわめく無のなか
死の国を飛び越え
ふたたび僕の心に流れついた星は
月明かりを浴びる亀の甲羅のように
静かに光を溜めこんでいるようだけれど

だが君よ
星はひとしずくの涙で宇宙を語ることができる
なにをためらうことがあろう

おののくことがあろう
互いの涙を抱き合おう
血の流れに身をまかせよう
僕らの星が光を放ちはじめているのだから
契りが美しい影を育みはじめているのだから

夏の終りに

涼風《すずかぜ》のなかにきみの手が
死んだように光るきみの手が
ひとすじの肌が
魂のしずくが
憂いのなか
しずかな棘のなかを
おどるように濡れている
そんなきみの手が
ねじれたまなざしが
陽ざしにとけ

焦慮の空
はうように
産毛の海
おどるように
月のしずく
世界のおもてをはだけ
裏をうるおし
影のなかに胚
光は騒ぎ
きみの手が
渚の舌でめくられ
脈はからみ合い
影のなかに胚
光の胚
いのちのはじまりのように

きみの手が
涼風のなかにきみの手が
ひとすじの肌が
憂いの波に揺れている
夏の終りに

ハリケーンのような恍惚が

ハリケーンのような恍惚が
ぼくからぼくを奪ったのだ
たくさんの蝶が花に群がる
そんな美しい風景を蹴散らし
花という花
みなひきちぎり
ぼくは暗黒の宇宙へと渡ったのだ
固く握りしめた小さな手を
むりやり開かれ
花　花　花をひきちぎれと

見知らぬ空に投げ出されたぼく
凍てつく太陽の陰で
明日を受け容れるための排泄をすませ
青い血は走り
無垢な肉は裂け
それでも消えることのないヒトとしての意識
振り向いてはならない
立ち止まってはならないと
自らを鼓舞して花をひきちぎり
ひきちぎり
幾多の冷ややかな視線をにぎりつぶし
いのちの雨は流れ
そんな殺意の海の瀬で
ぼくにひきちぎられた花たちが
無数の蝶となって美しく舞うのを見たとき

ハリケーンのような恍惚が
ぼくからぼくを奪ったのだ
そしてぼくは飛び発ったのだ
暗黒の宇宙へと
塹壕に一輪の花を残して

昨日

昨日……
寒さのなかであなたは言った
そんなに見つめないで
またいつかどこかで会えるでしょうと
あなたの炎はかすんだ
おぼろな月のように

かつて失意の海におぼれそうになったぼくを
眠りの花びらの上に浮かべてくれたひと
はげしい夢のなかで

炎のほんとうの寒さを教えてくれたひと
あなたの炎の銀河がぼくの夢の山を越えて行くなら
もはやぼくは眠るべくもない

はるかな湖心へと向かうあなた
あなたの幻影《かげ》は
今なお優しさの水面《みなも》に映り
ときに嶮《けわ》しさの雲からしたたり落ちる雨となって
ぼくの炎をうるおす

悲しみは風の群れとなり
あなたの名を呼びつづけるけれど
あなたは振り向かず
あなたの鳥のかわりに
鳥の影だけが飛んで来ようとする

そんないつ終わるとも知れぬ闇の泡立ちに
ぼくの炎は起ちつづけるだろう
そして昨日は続くだろう
寒さがぼくを去るまで

跳べ

風にゆれて　ゆれて
ゆれながらつかんでいるもの
死してなおきみが手放すことのできないもの

時の苛酷な雨にうたれ
ひとり道の辺に散った友よ
きみは孤独をひきちぎる牙も使わず
涸れた葉脈の交叉路で夢の羽を閉じたまま
今なお胸のなかに吊るした
血の気のないことばの神経をとがらせている

心の壁にひろがる海
そのかたくなに閉じられた夜の底に
きみが拠るべき世界はあるか
自由は置き去りにされていないか
きみの声はきこえてこない
だが海の向こうに光りつづける涙は……

もはや絶望に光る涙も
飼い慣らされた孤独もいるまい
風と手をとり合い
永遠という水の流れに朝の陽ざしを泳がせ
跳ぶのだ　友よ

そうして新たに生まれたロゴスとパトスが

波のように躍り狂うとき
きみへの通路は
きっと森羅万象のなかにある
いくつものことばが海から飛び立つ
夢のはばたきとともに

聖なる夜に

さよならを言わずにゆれていたい
いつまでも眠らずにいたい
あなたの輝きのなかで

あなたは陽のないところで開く花
その輝きは暗い闇のどこまでもあふれて
死の誘惑によろめきそうになるぼくを
虹のように立たせる

花の奥に仄見えるもの

それはときに
激しい火の昂揚
優しい水の抱擁
あなたは指輪をはずした
かつての火にも水にも背をむけて

出血する未来のしぶきを浴びながら
あなたにむかって飛び立つぼくのなかの鳥
鳥はひとすじの風となり
愛となってぼくの胸に戻ってくる
希望という狂気の子を抱いて

いつも穏やかに過ごしたい
けれどうつろいやすい音楽は
ふたたび底知れぬ暗がりへとぼくをいざなうだろう

そのときあなたがそばにいてくれたら……
さよならを言わずにゆれていたい
いつまでも眠らずにいたい
あなたの輝きのなかで

ワタクシトイウ存在ノ鳥

ワタクシノ舌ノ先ニ渦巻ク歴史ニ
イクタビカ微笑ミガ訪レ
ワタクシノ想イハ乱レ
ワタクシトイウ存在ハ戦慄ヲ
（タダ旋律ヲ）
ワタクシノ歴史ノナカニ流シコミ
ワタクシノ心トイウ心ガ
クログロトシタ大波ヲカブリ
オロオロトウゴメク残照ノナカ
ワタクシハ水ノ粒　泳ギ　ヨロメキ

ソレハマサシクワタクシトイウ存在ノ卵
ウラ若キ空ニ落チタ光
ノナカニ溺レテイル雲
ノナカヲ飛ブ鳥
ワタクシトイウ存在ノ鳥
ソレハワタクシノ舌ノ先ノ岬ヲ
色トリドリノシブキヲアゲテ飛ビ　渦巻キ
ドコソコノ銀河ヲ流レ
ワタクシトイウ名ノ海ニタドリツキ
ワタクシトイウ名ノ影ヲマトイ
マルデ裸ノ原形質ノヨウナ
マッサラナ波間ヲ泳ギツツ
ワタクシトイウ存在ヲ咲カセ
ワタクシトイウ存在ヲ消去シ
ワタクシトイウ存在ノ戦慄ノナカニ

ワタクシトイウ存在ヲ生カシツヅケル
ワタクシトイウ存在ノ幾何学
ワタクシノ歴史ノナカノ歴史
ワタクシトイウ存在ノ
鳥

夜だけがこの世に満ちていて

夜だけがこの世に満ちていて
暗い
ほんとうに暗い
街じゅうに広がる涙の地図も見えない
遠い国からやってくる雲の
血のほとばしりにも気づかない
太陽の影がひたひたと近づいて
子どもたちの笑みが
風にさらわれてもわからない
暗くて

おまえは逝った
朝陽が沈むように
一人静かに
おまえの美しい花弁は
ゆっくり閉じられた
かわりに空から
ひとひらの海が舞い降りてきた
まばゆい光の宴《うたげ》が終わって
海からはもう
おまえのうたは聞こえてこない
なのに
大地の傷から滔々《とうとう》と流れつづける涙は
そんな海を
希望のようにめぐっている

夜だけが満ちていて
この世がこんなに暗いのに

暗いのに

ハイビスカスのしわぶきのように

生きよう
ハイビスカスのしわぶきのように
ただ高く翔ぼう　あかあかと

君は野獣のようにミミズをむさぼりながら
星のあたりをめぐっている兵士だ
今にもいっさいの抽象を脱ぎ捨て
敵の太陽に飛び込み
存在のあざやかな余白になろうとしている

だが見よ
強さを誇った君たちの戦車が
敵の海を奴隷のように這い回っているではないか
君の仲間に切り落とされた敵の足が
君たちの空を楽しそうに駆け回っているではないか
君の信じ　生きてきた世界が
こんなにも激しく変わろうとしている

だまされてはいけない
どんなに君がひもじくても　死にそうでも
意志あるかぎり自由は死なない　偶然も死なない
戦場がいつ楽園に変わるともしれない

だから待て
君の臆病な稜線が生の極みに触れるまで待て

偶然の凹凸が死の絶壁に確かな意味をほどこすまで待て

生きよう
ハイビスカスのしわぶきのように
ただ高く翔ぼう　あかあかと

復讐

戦いの野に
ひとり立つきみ
夜が聞こえるだろう
朝が聞こえるだろう
だれかの死が聞こえるだろう
たくさんのいちのが聞こえるだろう
だがきみには何も見えていない
きみの眼は囚《とら》われている
きみは復讐しなければならない
きみを囚えているものに

死ぬまでのわずかの間
せめて自由にものを見たいときみは言う
だが何を見ようというのだ
敵の死顔を見たいのか
神の姿を見たいのか
その囚われの眼で

万物がきみを見ている
無数の眼を光らせている
それらはみなきみの眼だ
そう　きみを囚えているのはきみ自身なのだ

万物《きみ》を見よ
万物《きみ》に復讐するために

復讐とは敵の存在《すがた》を美しい音楽に変えること
それを見ることによって

今きみの眼から指揮棒が伸びてゆく
きみという敵にむかって

戦場のパルティータ

——詩人M、『野火』を行く

以下は、大岡昇平の小説『野火』の世界にもぐり込んだ詩人M（私の分身というべきもの）が、そこで「見た」ことを詩のかたちで表したものである。全体に『野火』の内容をふまえている。

見るのだ
ただ見るのだ
夢魔の風にのって

死にゆく者のあえぎの中にも
たくさんの鳥が飛ぶ
開け放たれた臓腑の中にも
無数の星が光る

見るのだ
ただ見るのだ
狂った宇宙を嘔吐しながら

第一番　歩く眼

i（無言を抱きしめて…）

同胞《とも》よ
丘の上で倒れている者よ
きみはここで繰り返し死に
繰り返しよみがえった
今きみの動かなくなった体から
あまたの無言が走り出している

やがて夜が明けるだろう
焼けただれた皮膚をわたる血まみれの月が
明け方の空の冷たい歯ぎしりの中に沈んでゆくだろう

うたが聞こえる

炎よ
光と影の嵐よ
燃やすのだ
闇のしずくを
肉の叫びを
咲き誇るすべての花々を……

同胞よ
今ぼくはきみになる
きみといっしょに戦場を歩く眼になる
きみの眼窩を吹き抜ける血なまぐさい風は
ぼくの眼窩をも吹き抜けるのだ

いっしょに見よう
きみが見たかった花を
いっしょに行こう
炎が花を焼きつくしてしまう前に

ぼくは歩く
きみの無言を抱きしめて…

ii (真っ暗なランプをともして…)

ぼくは歩いている… 夜の密林を一人… 虚《うつ》ろな足をひきずって…

肺を病んで分隊から追い出された…　熱があるのだろう…　体が重い…　銃が重い…

食糧は少しの塩と六本のカモテだけ…　六という数字の恐ろしい明確さ…　死はすぐそこだろう…

敵はいないか…　銃を向けていないか…　恐れからだろうか…　暗い中でもすべてのものが明瞭に見える…

しばしば吹きつける風…　この旋律は愛だ…　だがそんなものが何になろう…

熱でとけそうな体…　愛などいらない…　水がほしい…

夜明けの指が垂れている…　ぼくは歩きつづける…　真っ暗なランプをともして…

＊カモテ：サツマイモに似た比島《フィリピン》の芋。

iii（空のかたちは蛇だ…）

垂れ下がる下枝…　足にからむ蔓《つる》…　帯剣で切り払いながら進む…　一歩ごとに縮むぼくのいのち…

人は死ぬことによって新たな眼を開くという…　敵に撃たれ…　病に倒れ…　天へとまっさかさまに落ちていった同胞たち…　いま天から見ているのだろうか…　この腐った世界を…

腐乱の渦のなか…　ぼくの眼はジャンプする…　すると見えてくる…　はるかかなたに海原が…　一面に美しい花の咲く海原が…　ぼくの眼は沈んでゆくのだ…　この永遠の海に…　（沈みゆく眼に花は見えるのだろうか）…

ミクロコスモスの影が近づいてくる…　血の海を渡って…　風は腐ったいのちのにおいがする…

明るさは増しつつある…　鳥がけたたましく鳴く…　樹々が笑いはじめる…　遠くに女陰のような丘が見える…　乳房のような雲が見える…　空のかたちは蛇だ…

iv（花のほうへ…）

とつぜんのスコール…　雨水を筒にためて飲む…　胃の腑に沁みる…

地を流れる水…　ぼくは想像する…　川の中で死んでいる自分の姿を…　体は腐り…　さまざまな元素に分解され…　水に流される…　ぼくは存在しつづけるのだろう…　水となって…

木の葉の口が開いている…　口の中で朋友たちが舞っている…　笑みを浮かべて…　ぼくを待っている…　こっちへ来いと…　いっしょに舞おうと…

隊を離れた今のぼくには自由だけがある…　行きたいところに行く自由…　見たいものを見る自由…　死ぬために手榴弾を使う自由…　その時を引き延ばす自由…

どうせ死ぬなら最後に見たい…　花を…　美しい花を…

歩くのだ…　花のほうへ…　花のほうへ…

v（敵なのに…）

ひらけた野に出る…　散発する迫撃砲の音…　野のあちこちに立つ煙…　どちらに先にやられるか…　敵か…　病か…

喉からこみあげてくる痰…　草の上に吐く…　ぼくの体の一部だったもの…
熱帯の陽にあぶられ死んでゆく日本人の結核菌…

死が近いからだろうか…　自然がやけに美しく見える…　スコールに洗われた
火焔樹の鮮やかな朱の梢…　目の覚めるような朝焼け…　紫色に翳《かげ》る火山…
みな眼を楽しませてくれる…　恍惚に近い幸福感…

米機が樹の梢をかすめる…　操縦士の頭…　赤いマフラー…　隊を出てから初めて見る人間…　彼も一人…　仲間のように感じる…　恐れるべき敵なのに…
敵なのに…

vi（ぼくは生きたいと思っている…）

食糧はすでにない…　飢えているのかどうかもわからない…　後頭部だけが上ずったように目覚めている…　死はいつもすぐ先にいる…

椰子の群れがある…　高いところにある球形の実…　香しい汁…　甘い肉…
食べたい…　だが手が届かない…

小屋を見つける…　軒に近い一樹に数羽の鶏…　人はいない…　痩せた黒い鶏にそっと近づく…　飛んで行く…　鳥が食べていた木の芋をかじる…　少し元気が出る…

ふたたび歩き出す…　山鳩がときどき力なく啼く…　林が尽き草原へ…　道をひたすら降りてゆく…　降りるほどに湧き上がる歓びに似た感情…

ぼくは生きたいと思っている…

vii（ここにあるのは血と屍だけ…）

教会堂がある…　金泥のはげた十字架…　しみだらけの前面の壁…　角の欠け

た石段…　入口にむかって進む…　漂ってくるツンとする臭い…　胃を生理的に刺激する臭い…　屋根でざわめく夥《おびただ》しい数のカラス…

階段の前で重なり合ういくつもの物体…　同胞たちのカラダ…　誰かの脚に載せた頭…　誰かの肩を抱いている腕…　曲げた片足…　広げた手…　人間の最後の意志のかたち…　カラスは食うだろうか…　人間の意志までも…

中に入る…　壁に絵…　キリストの磔刑《たっけい》図…　カラダのあちこちから血…　胸からも…　釘づけられた手や足からも…　祭壇には蠟《ろう》細工の十字架像…　キリストの蒼白の裸体…　ここにも血が赤黒く凝固している…

聖なる教会堂…　だがここにあるのは血と屍だけ…

viii（ぼくの右手が動く…）

林を行く…　緑が陽光に光っている…　女陰のような丘がぼくを見ている…

樹々がぼくに媚態を向けている…　草が風に揺れながら微笑んでいる…

林の縁に座る…　草の間に花がある…　シャクヤクに似た淡紅色《たんこうしょく》の花…

花は光っている…　陽光の中に…　見つめれば見つめるほど光り輝く…　美しい…　ついに見たのだ！　花を…　美しい花を…

何かが空から降ってくる…　花だ…　後から後から降ってくる…　光りながら落ちてくる…　地上のこの花に向かって…

地上の花は言う…

――あたしのこと、食べていいわよ…

強い飢えを感じる…　声は繰り返し聞こえる…　光る花は空から途切れなく落ちてくる…　ぼくの上にも…　光りながら…

ぼくの右手が動く…

ix（丘に向かって…）

轟音《ごうおん》が空に響く…　大型爆撃機の編隊が近づいてくる…　鳳《おおとり》のように翼をのばし…　音が空に満ちる…

音に驚いたのだろう…　一羽の白鷺が飛び立つ…　谷の向こうの梢から…　首をのばし…　ゆるやかに飛んで行く…

遅れた敵機が近づいてくる…　操縦士の頭…　赤いマフラー…　あのときの米兵だろうか…　仲間のように思えたあの…　しょせんは米兵…　やっぱり敵なのだ！

（近くの斜面の林に激しい機銃掃射…　その後の嘘《うそ》のような静寂…）

砲撃によって破壊された自然…　野はあちこち穴だらけ…　樹は幹が折れ…　枝が飛んでいる…　動くものは蠅《はえ》だけ…　さびしい…　ほんとうにさびしい…

ぼくは走り出す…　力のかぎり…　丘に向かって…　女陰のような丘に向かって…

x（そこ、食べてもいいよ…）

草も食べた…　山蛭《やまひる》も食べた…　だが生きていられたのは塩のおかげ…　その塩が尽きてしまった…

丘の上にたどりつく…　一人の日本兵が倒れている…

体じゅうに蠅がたかっている…　襦袢《じゅばん》をめくる…　上膊部の緑色の皮膚…　痩せてはいるが軍人らしい発達した筋肉…　そこここに蛆がうごめいている…
腕を持ち上げると蠅が盛り上がる…

――そこ、食べてもいいよ…

幻聴だろうか… 体を揺らしても動かない… たしかに死んでいる…

まだ血液が残っているであろう体… 塩のかたまりのように見えてくる体…

食べたい… 誰も見ていない… (なのに見られている気がする)… 右手で

剣を抜く… 手が震える…

何かが上から降ってくる… 黒いものが… 蝿のかたまりが… たちまち顔が

覆われる… 目の前が昏《くら》くなる… 意識が遠のく…

xi （それがぼくの名を呼ぶ…）

ぼくは倒れている…　丘の上に…　ひっきりなしに蠅が来る…　眼…　鼻…　口…　耳…　あちこちに入ろうとする…　（なぜぼくの手は蠅を追い払おうとしないのだろう）…

むこうから何かが近づいてくる…　顔だ…　光りながら…　笑いながら…　なつかしい感覚…　幼い頃に見たもの…　母の顔…　花のような笑顔…

二つの眼が近づく…　ぼんやりしているが確かに眼…　その下にもう一つの大きな眼…　真っ黒な円…　はっきりとした完全な円…　銃口だ！

――Tじゃないか！

それがぼくの名を呼ぶ…　ぼくはそれを見つめる…　たしかに顔…　見つめるほどぼやける顔…　顔の下にはボロボロの衣服…　日本兵の軍服の緑色…

ぼくの口に何かが押しつけられる…

xii（おまえも食ったんだぞ…）

――どうだT、うまいだろう。

――ああ。

――猿の肉さ。

――猿？

――あっちの森で撃ったやつを干しといたんだ。

(バーン!)

——撃ったな。

——猿か?

——ああ、猿だ。

(逃げるように走る人影… 緑色の軍服を着た日本兵…)

——見たか?

——ああ。

——あれが猿だ。

——………

——おまえも食ったんだぞ…

第二番　蛆の楽園

i（これはぼくなのだろうか）

あえぎの中
無数の鳥が舞う
伸びきった髪
肛門から流れる川
眼窩の闇から
大地にしみゆく涙
沈黙よりも暗い水が
悲しみの渦を巻いて
底知れぬ冷感
無言は微風のように持続して
幻影《かげ》は立ち上がり
さびしいいのちのようにゆれている

雑嚢《ざつのう》は血にまみれ
鉄帽を突き抜ける痛み
からっぽの腹のなか
鳥は鳥を食い
星は星を食い
とぎれのない蛇のうねり
悲しみの肉は破れ
憎しみの骨は燃え
情欲の皮をむかれた
石の中をめぐる血は
細胞の飛沫となって
天に向かって翔んでゆく
あかあかと
あかあかと

ii（無言が走り出している）

血まみれの、
骨と皮の影から、
無言が走り出している、

からっぽの、
蒼ざめた指先から、
無言が走り出している、

すきまだらけの体、
その身は音でありつづけている、

冥《くら》く、ただ冥く、
（闇こそすべて）、

——ヒイヒイ、ハアハア、ヒイヒイ、ハアハア、……

結核だろうか、マラリアだろうか、正確な呼吸のリズム（生きるには呼吸が必要！）、栄養不足と脚気《かっけ》でむくんだ大きな顔、力のない眼、足首の弾倉に蠢《うごめ》く蛆、蛆、蛆、蛆、蛆、……

（まだ生きている、
これはぼくなのだろうか、
死んでいるぼくが生きているぼくを見ているのだろうか）、

迫り来るミクロコスモスの影、
肉の裂け目に、

無言の裂け目に、
(死ぬ前に嘔吐せよ、この狂った宇宙を)、

体が死んでも、
血はうたうことをやめないだろう、

蛆よ、
血を転がせ、
どこまでも転がせ、
(血はうただ、うたは血だ)、

この身が音でありつづけるように、

iii （いのちのはじまりのように）

からっぽの腹に咲く花、
からっぽの腹に降る雪、
からっぽの腹に輝く星、
たえまなく分裂する月影、
光の恥部で、
肉の音域で、

夢幻は無限に連鎖し、
肉にも肉の余白にも広がる、
蛆の花、
はてしなく光る花、
色とりどりの白、

無数の視野の迷走、
（ああ、海だ）、

それは腐乱の華、
聖なる臭気にうごめく白い闇、
（ああ、膿だ）、

欲望の蛆よ、
ひしめく骸《むくろ》のように、
群がれ、
群がれ、
不死のような笑みを浮かべて、

めまいの蛆よ、
渦巻く顔で、

群がれ、
群がれ、
いのちのはじまりのように、

そこに生まれる底知れぬ闇のきらめきが、
ヒトの意識をひきちぎり、
ヒトは盲《めし》いて漂流するのだ、
肉の音域で、
光の恥部で、

いのちのはじまりのように、

iv（ミクロコスモスの影）

（ミクロコスモスの影が血の海を越えてきたのだな、
燃える波となって――）、

追っているのか、
追われているのか、
下半身の暗い世界にむかって、
分厚い波が押し寄せてくる、
波は広がる、
闇の底の畝《うね》また畝へと、
食っているのか、
食われているのか、
肉の裂け目に蛆、

ことばの裂け目に蛆、
どこもかしこも蛆、
それははじまりなき永遠のような、
ミライの鼓動のような、
いのちのはじまりのような、
無言の洪水、
死の洪水、
タマシイも濡れて、
沈んでゆく、
(この瞳はどこへ沈んでゆくのか)、
沈んでゆく、
(沈む瞳は何を見ているのか)、
沈んでゆく、

(するとミクロコスモスの巨大な影が、凄絶な黒を潜り抜け、凄絶な白を潜り

抜け、黒と白のあいだの灰を渡り、胚を渡り、肺を渡って、たどりつく膿の海は）、

いちめんの蛆の花、
いちめんの蛆の花、
いちめんの蛆の花、
いちめんの蛆の花、
いちめんの蛆の花、
いちめんの蛆の花、
いちめんの蛆の花、
いちめんの蛆の花、
いちめんの蛆の花、
いちめんの蛆の花、
いちめんの蛆の花、
いちめんの蛆の花、

もはや体じゅうに蛆、
それでも生きたい、
蛆のように生きたい、
(蛆は死なない)、

ならば追え、
猿を追え、
生きるために、
追え、
蛆のように追え、
追え、
意恵《おえ》!

(蛆の顔もよく見れば天使だ)、

v （マラリアかマリアか）

ヒイヒイ、　ハアハア、　ヒイヒイ、　ハアハア、　……

（やはりこれはぼくなのだろうか）、

からっぽの肉、
いっさいの無がこの中にある、
染色体のように戯れて、
ヌクレオチドのように交じり合って、

――食べていいわよ…

時を超える右手、
（自我《われ》あり、飢えた右手の中に）、
——猿だ！　追え！

明け方の空につづく歯ぎしり、下半身の暗い世界で花がいっせいに咲きはじめる気配、（楽園が細胞のように分裂しようとしているのか）、ぼくの右手がのびてゆく、花のほうへ、花のほうへ、

男の下半身の暗い世界で勃起する一本の花、震えるたくさんの花びら、右手で一枚一枚引き抜く、マラリア、マリア、マラリア、マリア、マラリア、マリア、マラリア、マリア、マラリア、……
（マラリアが残った！）、

マラリアを愛せよ、
マラリアを愛せよ、
（マリアを愛するように）、

――愛することは食うことだ、
（自我《われ》、深き淵より、汝を呼べり）、
（自我《われ》、深き淵にて、自我《われ》を食へり）、

いっさいが無だ、
かぎりなく無だ、
（マリア様、ぼくは何度死ねばよいのでしょう？）、

＊自我《われ》、深き淵より、汝を呼べり：旧約聖書『詩篇』第一三〇から。『野火』にもこの部分からの引用がある。

vi（ボクハボクノボクニナリタイ）

（あれれ、かわいそうに、
猿《ヽ》がとけてゆくよ、死んだ細胞の泡となって――）、
ヒイヒイ、ハアハア、ヒイヒイ、ハアハア、……

（まだ生きている）、

――生きているのもお国のため？
――死んでしまうもお国のため？

屍に満ちた空、骨の時は流れて、海の底よりも暗く、白い蛆よりも明るく、曲

りくねってやってくる、いのちの洪水が、死の洪水が、魂の洪水が、炎の洪水が、やってくる、流れるいのちよ、いのちからはぐれたいのちよ、細胞よ、ヌクレオチドよ（濡れ落ち奴よ）、不死の蛆よ、永遠の肉よ、万物の眼よ、

——ボクハボクノボクニナリタイ

死んだ細胞が飛散している、迫り来るのは影か、炎か、燃える瞳か、燃えているはいのちか、いのちは燃えるのか、

——ボクハボクノボクニナリタイ

玉蜀黍《とうもろこし》畑をわたる風、死に絶えた顔や足を呑み込み、ナム　アミダブツ、ナム　アミダブツ、…（いまさら成仏もクソもあるものか）、

——絶望よ、大志を抱け！

そう、絶望よ、立ち上がれ、今こそおまえの力が必要だ、山蛭のように、真っ赤な真実《ウソ》を吸いながら、影もかたちも、もうたまらなく血だ、

——生キルニハタリナイ、自我《ボク》ガタリナイ、細胞《ボク》ガタリナイ、猿《ボク》ガタリナイ、

ボクを追え、
生きるために、
（ボクノボクニナルタメニ）、

そのとき血管に爆弾が撃ち込まれ、
壊れた血、闇に飛び散る膿、
零《こぼ》れ落ちるたくさんの蛆の白、白、白、白、白、白、白、白、……
飛びさかるたくさんの蠅の黒、黒、黒、黒、黒、黒、黒、黒、……

白いいのち礼賛、
黒いいのち礼賛、
（白の讃歌を聞こうじゃないか、
黒の伴奏にのせて）、

その絶え間のない動きに
欲望の蛆が湧く、
（ボクはこんな無限を夢みていたのか）、
ことばの蛆が湧く
（ボクはこんなことばを求めていたのか）、

——食うのだ！　ボクを食うのだ！　蛆のように食うのだ！　生きるのだ！
（ボクハボクノボクニナリタイ）、

このむずがゆい海原から、アイデンティティーの精霊が、のぼりゆく、いのちがめぐるように、死がめぐるように、のぼりゆく、そのとき無言は、欲望の蛆となり、分厚い波にのって、くだりゆく、下半身の暗い世界へ、肉の音域へ、その海の果てで、膿の果てで、わたしのこと食べていいわよと、食べていいわよと、……

——オオ、マイ、マリア様！

（死んだ細胞《ボク》がぼくに微笑んでいる）、

第三番　夢魔の嵐

i （ぼくは世界のどこにいるのか）

オルモックの暁の静脈に
黒い太陽が沈んでゆく
あえぎの中の鳥は
焼け広がった骨の野に消えてゆく
すでにぼくの死は繁茂しているのだろう
ぼくの眼の届かぬ世界で

頭蓋を吹きわたる夢魔の風
意識の外をめぐり
蝿のようにしつこく飛び回る
イメージの数々
ことばの数々

滅びの中に咲き誇る花のように
天へとまっさかさまに落ちてゆく同胞たち
聞こえてくるおびただしい死の哄笑
生き残った同胞はパロンポンへと向かう
故郷への帰還をはたそうとして

ぼくは一人ぼくの眼の中を歩く
中隊を離れ　死に向かって出発した道を
二度と通らぬであろう道を

窪地にぼくの顔が落っこちる
これが道の終わりか
それとも新たな道の始まりか
ぼくは進んでいるのか

＊オルモック：レイテ島西海岸にある町。
＊パロンポン：レイテ島西北部の突端に位置する町。

退いているのか
生きているのか
死んでいるのか

ぼくは世界のどこにいるのか

ii（無音のように落ちつづけて）

骨と皮だけの薄明に
焼けただれた月が漂う
死んだ鳥のように

万物の声がきこえる
無音がきこえる
（何も聞こえない生があるだろうか）
（何も聞こえない死があるだろうか）

入れ替わるようにして聞こえてくる足音
骨に響く音
たえまなく流れ
無音のように落ちつづけて
眼のないことば
無音のように落ちつづけて

（たえず行われているのだろう、
生物どうし、無生物どうしの、激しい殺生が）

炎の舌
星から星へと渡り
近づいてくる
敵機の爆音に満ちた空が
煮えたぎる空が
寂しさも悲しさも散らす数々の音が

（いっそ激しく！　もっと激しく！）

眼のないことば
無音のように落ちつづけて

iii（死と太陽のはざまで）

オルモックに遠距離砲撃
北の空に遠雷のような砲声
地鳴りを伴う鈍い音
谷にこだまし
雲が揺れる
岩が震える

かぎられたぼくが
タマシイの呼吸をして
疾走する汗
逆流する血
抵抗するぼくの太陽
（生きるのだ！　蛆のように生きるのだ！）

——ピュルルルル……

近くに着弾
玉蜀黍畑の畦《あぜ》に煙が立つ
丘の頂上にも一条の細い煙が
ためらうように揺れていて

（まだ生きていることを実感できるよろこび、
血塗られたよろこび、ざわざわと）

米機による激しい機銃掃討
倒れる同胞、逃げまどう同胞、斜面を転がり落ちる同胞、泥濘《ぬかるみ》でのたうち回る
同胞、……

（なぜかこみあげてくる笑い、どうしようもない可笑しさ、
これも夢魔のせいだろうか）

炎がくる
煮えたぎるオーロラのように
メラメラと近づいてくる
野が燃える
（道の目覚めだ）
脳が燃える
（未知の目覚めだ）
いのちが燃える
（死の目覚めだ）
死が燃える
（いのちの目覚めだ）

炎がくる
万物が燃える
ぼくが燃える
死と太陽のはざまで

iv（あふれる自我）

燃えあがる血、
無言も燃え、
自我の淫《みだ》らなざわめきは、
下半身の暗い世界に満ちて、
蛆の花咲きわたる海で、

いっせいに微笑む顔、
(それはマラリアか、マリアか)、

——あたしのこと、食べていいわよ…　食べていいわよ…

忘れられた血の、とり残され未来の、
開けっ放しの蛭《ひる》の口から、
アイデンティティーの精霊がのぼりゆく、
幾万年の時間を閉じ込めたひと粒の壊れた細胞の中から、
ひとすじの黒い煙となって、のぼりゆく、
生き血ゼロの、息値ゼロの、閾《いき》値ゼロの、
濡れ落ち度ゼロの、
無音へと、

——痛いよう…　熱いよう…　水がほしいよう…

――生きたいよう…　生きたいよう…

するとぼくの自我が走り出す、
無言のように走り出す、
自我が自我を追い、ぶつかり合い、
あふれる自我、あっちも自我、こっちも自我、
（見える、見える）、
さまよう自我、疾駆する自我、渦巻く自我、流れる自我、
饒舌な自我、黙りこくった自我、
今、ぼろぼろな自我は、からっぽの自我を引き裂き、
たちまちスパークする余白に、澄み切った自我、漂い、
とまどう自我、すすり泣く自我、
（ふたたび着弾、飛び散る自我たち）、
逃げまどう自我、蒼ざめる自我、動けぬ自我、
狂気乱舞する自我、失神する自我、

血まみれの自我、横たわる自我、のたうつ自我、
骨と皮ばかりの自我、盲《めし》いた自我、眼の飛び出た自我、
その異形に怖れをなして、
波打つ自我、分裂する自我、窒息する自我、
痙攣する自我、揮発する自我、
さかさまになる自我、怒りに震える自我、
収縮と膨張を繰り返す自我、
消滅と恍惚のあいだに浮かぶ自我、
沈みゆく自我、生まれながら死んでゆく自我、
泣きわめく自我、泣き声にしばし耳を傾ける自我、
岩に染み入る自我、かなしい音をたてる自我、
石の中をめぐる自我、闇のしずくに濡れる自我、
肉の叫びにおびえる自我、
風となって眼窩を吹き抜ける自我、
すると燃えあがる領野では、

まっすぐな自我がひん曲がった自我にかぶりつき、
その激しさに、顔を失う自我、闇より暗くなる自我、
昇天する自我、熱の粒となる自我、
浮遊する自我、原罪を吐き出す自我、
のぼりゆくアイデンティティーの精霊と絡《から》み合う自我、
空には、蛇のかたちとなってうねる自我、
星から星へと渡るロマン派の自我、
豪華な雲に浮かぶバロック調の自我、
地上には、敵におびえる自我、
腐った芋にかじりつく自我、
ヒイヒイ、ハアハアいう自我、
聖母マリアに呼びかける自我、
花のほうへと向かう自我、猿を追う自我、
手榴弾を握りしめる自我、同胞《とも》を裏切る自我、
蛆に食われる自我、自らの自我を食う自我、

人間的な、あまりに人間的な自我、
人間性のかけらもない自我、
その他、あっちもこっちも自我、
自我、自我、自我、自我、
追いながら、
追われながら、
食いながら、
食われながら、
散り散りに、
下半身の暗い世界へと、
肉の音域へと、

——あたしのこと、食べていいわよ…　食べていいわよ…

(ぼくの右手が素早く動く)、

v （夢魔は死んだ）

嵐だ、
夢魔の嵐だ、
恐怖の円を重ねて、
柘榴《ざくろ》のように裂けた腹が、
飛び出した骨が、
草木に覆われた欺瞞の顔が、
強風にあおられ、
あらわになった真紅の無、
死との均衡は破れて、

体じゅうを蛆のように這い回る炎、
ひたすら乱打されるいのち、
すべての傷口は開き、
死のそばで立ち上がろうとしている幻影《かげ》、
いのちに似たなにか、
なにものか、
(燃えているのはぼくか、ぼくのタマシイか)、

(眼は口へと流れ、口は眼へと流れ、血も涙もない肋骨の川を渡りゆく、
そんなところにも群がろうとする蛆たち)、

轟音《ごうおん》とともに、
空から敵がやってくる、
花の姿で、
マリアの姿で、

同胞《とも》の姿で、
さまざまな自我《ボク》の姿で、

花よ、おまえも敵だったのか、
マリアよ、おまえも敵だったのか、
同胞《とも》よ、おまえも敵だったのか、
自我《ボク》よ、おまえも敵だったのか、
万物が敵なのか、

(これはイメージの過剰だ、
ことばの過剰だ、
すべては夢魔のせいだろう、
この狂った宇宙は夢魔のせいだろう、
夢魔をとめなくては、
夢魔をとめなくては)、

ぼくの血よ、
ぼくの無言よ、
今こそめざめよ、
炎になれ、
敵は夢魔だ、
夢魔を追え、
夢魔を食え、
夢魔を燃やせ！
夢魔を燃やせ！
夢魔を燃やせ！

——Tじゃないか！

（おまえが夢魔か！）

――俺だよ、猿の肉ならあるよ、ほら、もっとやるよ、

（よくも俺を撃とうとしたな！　食おうとしたな！）

――ゆるしてくれ、それ（手榴弾）はしまってくれ、

（だまれ、夢魔め！）

――よしてくれ、同胞だろう、なあ、猿の肉、もっとやるから、

（食らえ、炎の実を！）

――バーン！　………………………………………………

………………………………………………………………………

……………………………………………………

夢魔は死んだ、

（夢魔は死なない）、

vi（曙）

揺れている、
揺れている、
（ぼくはどこにいるのだろう）、

椰子の梢に、
かげろうのように揺れている実、
美味しそうな、
ひとひらの孤独、
（アンペラも風に揺れている、さびしいいのちのように）、
空の薄赤くよどんでいるところ、
微光からたくさんのいのちが運ばれてくるのが見える、

＊アンペラ：カヤツリグサ科の多年生植物。

（曙だ、明らかな曙だ）、

橋も見える、
ぼくを曙へとつなぐ橋、
曙橋、

……………………………………

駅に着いた、

闇夜のラプソディー

蛇

駅を出るとすべてが蛇だ
この先にどんな逃げ道があるだろう
あの土手の草叢《くさむら》にもぐろうか
いやそこにはもっと蛇がいるはずだ
もはやかくしきれない
はだかのいのち
蛇はぼくの涙の呼びかけにも応じず
ぼくをまるごと呑み込もうとする

そこにどんな駆け引きの余地があるだろう
逃げる道があるだろう
漆黒の闇のなか
猫の呼吸がとまる
月が落っこちる
そうして否応なしに迫って来る
怒り狂った岩の眼が
鋭く尖った樹々の歯が
冷たい霧の舌が
逃げられない
もうすべてが蛇だ

きみといっしょに

ひとつの奇跡が
きみとぼくとを結んでも
まっすぐなうめき声
あえぎの曠野から
瞋《いか》りの波が押し寄せてくるのだ
たちまち空の眼は見開かれて
ぼくはちょっと怖気《おじけ》づく

でも負けないよ
心に塩をふりかけ戦うのさ
きみの手をとり
風のように飛んでゆくのさ
とぐろまく世界の
日没の耳の奥へと
きみといっしょに

沙羅の風

どこかでオートバイがエンジンをふかしている
疲労が谷にこだまするような間延びした音だ
夕暮れの空気の隙間からもれてくる
意味のない音
その冥《くら》さに耐えかねて
犬のようにはっきりと声を出してみる
こだまはない

暗がりで何かの実が燃えている

まだうっすらと明るい
やわらかな方角へと
だれかが道を急いでいる

空腹をかじる猫
走り去る泉
海に沈みゆく瞳
漂いはじめる死の微粒子

ああ　これはみな
沙羅《さら》の風に流されてゆくぼくの岬だ

どこかでオートバイが……

神様のデート

喫茶店「コギト」で
顔のないあなたと向かい合う
あなたは胸をドキドキさせながら
ぼくにむかって手を合わせようとする
すかさずぼくは風になって
あなたのカフェラテをくるくる回す
たちまちあなたは目を回し
ぼくはあなたの心の宇宙にしのびこむ

銀河にあなたの顔が浮かんでいる

すくいとっては
満月をなでるようになでてみる
（なんてかわいいいんだろう——）
すると
あなたの顔の向こうに別の顔
その向こうにまた別の顔
そのまた向こうに
というように
たくさんのあなたの顔が
どこまでも続いているのに気づく
あなたのいろいろな顔を眺めながら銀河を渡り
ふたたび「コギト」にたどり着く

顔のないあなたが目の前にいる
いっしょにカフェラテを飲みながらぼくは言う

あなたは誰でもないから
きっと誰にでもなれるんだね
どこにも存在しないから
どこにでも現れることのできるぼくのように

一枚の若葉

死んだはずの太陽の呼吸が聞こえると言って
一枚の若葉が
おびえながらぼくのベッドに舞い込む
震える体を抱きしめると
にわかに聞こえ出す
かすかな寝息
小さな未来の鼓動のように

朝目覚めると　若葉は
コップ一杯の光も浴びずに

太陽が怖い
真っ暗なほうがいいと言って
ぼくの胸にふたたび飛び込んでくる
そのとき若葉は臆病な蝙蝠《こうもり》
死と同じくらいの静けさで
ジッと太陽の呼吸に耳をすましている

午後になってぼくらは
明るい道を
手をつないで駅に向かう
気がつくと若葉は
ぼくの手の中ですやすやと眠っている
一枚の枯葉になって

妄想するマネキン

そんなに死にたいなら
何度でも殺してあげる
とレイちゃんに言ったのに
一度も殺してあげられないいまま
死後の世界には
気持ちのいい風が吹き渡っていたり
水晶みたいにきれいな塵ばかりが漂ったりしているのだろうか
なんてことを考えている
このまま何もしないでいると
むなしさで涙があふれてきそうで

いっそこんな眼はつぶしちまえ！　と
とがった針の先を思い浮かべるけれど
たちまち怖くなってきて
一瞬アタマが空っぽになる
それもつかのま　すぐにまた
斧かなんかを持って　エイヤッ！　と
レイちゃんを殺してあげるのもいいかな
なんて思ったりするけれど
しょせん僕はマネキン
斧なんて持てるはずがない
そしてふと
ひょっとしたら
僕が殺そうとしているのはレイちゃんではなく
死というものの意味なのかもしれない
死に意味がなくなれば

レイちゃんは死にたいなんて言わなくなるのかもしれない
と思ったとき
急にレイちゃんが恋しくなってきて……

レイちゃん帰っておいで
殺さないから
おやすみの時間だよ
帰っておいで

告白

銃の旋律のように降りつづく雨
生臭くただよう空の息
何かが遠ざかってしまう予感
女はベッドの中で震えながら
熱い血の陶酔を求める

とつぜんの嵐
女の呼吸は激しく乱れ
頭蓋におよぶ洪水
視野は迷走し

シーツの上にずり落ちる記憶の束

あの人がいない！
あの人はどこ！
あの人の眼は！
あの人の手は！
あの人の口は！

ハッとして女は身を起こす
目の前に
花をかかえた
ずぶ濡れの男が立っている

カノン

ゆれるカノン
波に浮かぶ白い乳房
街は今も燃えているだろうか

のぼるカノン
丘の上の星
流れる川は美しい静脈

さわるカノン
闇夜のりんご
無花果《いちじく》の葉に猫は眠り

おどるカノン
無限はくりかえす
万物の眼のなかで

敗残の犬

あえぎのような眼をして
自らの影を嚙み切り
憎悪の舌を垂らして
虚ろな臓腑の上を歩く犬
それはぼく

暗い地の果て
夢はちぎれて
勝者の皮肉なまなざしは
ぼくの心に深く突き刺さる

目の前に浮かんでは消える
血の気を失ったペン
真っ黒に塗りつぶされた記録
握りつぶした告発状
やがてぼくは骨と皮だけになって
この地に果てるだろう

ぼくの最後の遊泳
波音は聞こえず
聞こえるのは
遠い浜辺から慰めのように流れてくる
死んだ愛のかなしい音だけ

崖の上から

薔薇のトルソが
見えない手を振っている

ぼくの女神よ
さようなら
ちぎれた夢よ
さようなら

ほんとうのことば

それが欲しければ
そこを離れよ
しずかな声よりも低く
激しい息よりも高いところに立っていよ
その場所で薄明の空に見えるもの
曲がりくねった月
真っ黒な星
蒼ざめた雲

それらさまざまな異《け》のざわめきを
きみの眼が怖れずにしっかりとらえたなら
きみのイメージの川に棲む魚は
石の中まで泳ぐことができるだろう
そのとき広がる
はじまりも終わりもない朝
そこに死の上澄みのように浮かぶ
ことばにならぬことば
それがきみの求める
ほんとうのことばだ

リカ。——あるいは詩

リカ。
岩の下の太陽の輝き
ぬばたまの夜を光の海にする
ディオニュソスの実

それは炎であるか
やまない嵐であるか
死のロンドを歌いながら
生のワルツを踊る

循環の殻は外れ
とけゆく理性の骨
時の血は蒼ざめても
なお　うたいつづける
かげろふのときめきのように

リカ。
とめどなく湧く心魂《こころ》の旋律《メロディー》
疾駆するハーモニー
燃えるリズム

わずかないのち
どこまでもあふれて

かたちのないもの

十億光年の葬列に
時空間弾道ミサイルが突っ込む
パックリと開いた棺から
出るわ　出るわ
かたちのないものが

伸びはじめた炎の芽が
ほころびかけた空気の蕾が
化石になれない光の花が

はぜつづける風の実が

最後に出たのは
無益の土を食って落ち
無意味の虫を食って流れては
異性のハートを射止める矢になりそこねた無念のツバメ

ツバメよ
きみにもはや翼は無用
無力なくちばしで地球を刺せ！
すでにかたちなく
光の粒と化した地球を

「戦場のパルティータ」について

高波忠斗

「戦場のパルティータ」を作る過程は、まさに「戦場」そのものだった。だがそれは、私にこの上ない「自由」を与えてくれたものでもあった。

この作品のベースとなっている小説『野火』は、語り手の「私」（田村一等兵）が、異国の戦地で軍隊から追放されるところから始まる。彼は、飢えと病で極限の状態にありながら、軍から解放されることで得られた自由を「謳歌」していた。ただ見たいものを見、好きなようにイメージや思念をめぐらせる自由を、体力の許すかぎり味わっていた。私はかねてから、この「自由さ」にあこがれていた。いわゆる限界状況にあってなお、このような自由を貫き通せるということに。

ある時ふと、自分が「私」と同じ状況におかれても、同じように自由でいられるだろうかと考えた。そして『野火』と同じ舞台に降り立った自分にどんな景色が見え、そこでどんなイメージや言葉が生まれるのか、ということに興味をもち始めた。だが、もちろん『野火』そのものの世界に入り込むわけにはいかない。そこで、少なくともイメージの上で『野火』の世界にもぐり込むことはできないかと、これまで何度も読んできたこの作品を、語り手の「私」になったつもりであらためて読んでみた。さらに、「私」のこえを代弁するような感覚で、全ての章を詩のかたちに表してみた。すると次第に、「私」が私と重なり合う錯覚をおぼえるようになった。そうして、私の頭の中に、もう一つの『野火』ともいうべき、新たな世界が少しずつ構築されていった。

私はその世界で、さまざまなものを「見て」いた。なんとかしてこの「たしかに見えるもの」を詩のかたち表したいと思った。ただ、これは容易なことではなかった。それまで自分が用いてきたようなスタイルや言葉では、とてもなしうるものではなかった。新たな方法を探す旅が始まった。これは苦しい旅だった。しかし、この上なく自由な旅でもあった。まったく未知の世界に踏み込んでいる手応えを得ていたからである(その意味では、私はこの苦しい「戦場」において、かなり「自由」であったように思う。その証拠に、私の分身ともいえる語り手の「ぼく」は、瀕死の状態で——あるいは「死んだ」状態で——かぎりなく自由に、詩的に、思いをめぐらしている)。

こうして度重なる試行錯誤の末、ようやく一つのかたち(戦場のパルティータ)が生まれた。それは、それまで私が作ってきた作品にはない要素を多分にもつ、私とは違う誰かが作ったかのような、新しい印象のものだった。この作品を、私の分身たるMが『野火』の世界で「見た」ことを記録したものと設定しているのには、こうした背景がある。

　他者の作品と深く関わることで自分の新たな面が発揮されるというのは、連詩で得られる感覚に似ていた。また、『野火』のような強力な「磁場」をもつ作品に沈潜することで新たなスタイルや言葉を生み出しうることを知ったのは、詩作の幅を広げる上で貴重な経験となった。

『野火』の作者の大岡昇平自身、ハムレットになりきったようにして『ハムレット日記』を書いている。『ハムレット』のもつ強い「磁場」の中で自由に想像を膨らませていたときに大岡が感じていたであろう心地よさ（と苦しさ）を、思わずにはいられない。

＊この詩集に収めた作品の多くは書き下ろしだが、すでに発表しているものもある。それらの初出は以下の通りである（大きく改変したものも含める）。

詩人の朝　「歴程」６１５号　二〇二三年五月
春風のたわむれのように　「歴程」６０４・６０５合併号　二〇一八年七月
契り　「歴程」６０６・６０７合併号　二〇一八年一一月
夏の終りに　「歴程」６０８・６０９合併号　二〇一九年五月
跳べ　「歴程」６１０・６１１合併号　二〇二〇年三月
聖なる夜に　「歴程」６１２・６１３合併号　二〇二二年九月
ワタクシトイウ存在ノ鳥　「歴程」６０１・６０２合併号　二〇一七年五月
夜だけがこの世に満ちていて　「歴程」５９７号　二〇一六年三月
ハイビスカスのしわぶきのように　「歴程」６００号　二〇一六年一一月
神様のデート　「歴程」６１７号　二〇二四年三月
敗残の犬　「歴程」６１８号　二〇二四年八月
リカ。――あるいは詩　「歴程」６１６号　二〇二三年一二月

高波忠斗　たかなみただと
一九六九年、千葉県生まれ。早稲田大学法学部卒業。大岡信フォーラム（二〇〇二年〜二〇〇九年）で広く詩について学ぶ。二〇一六年より詩誌「歴程」に参加。詩集に『たまごのゆめ』（二〇〇六年・新風舎）。

ワタクシトイウ存在ノ鳥

二〇二四年一〇月三日初版発行

著者　高波忠斗
装丁　間奈美子
発行者　上野勇治
発行　港の人
神奈川県鎌倉市由比ガ浜三―一一―四九
郵便番号二四八―〇〇一四
電話〇四六七―六〇―一三七四
ＦＡＸ〇四六七―六〇―一三七五
www.minatonohito.jp

印刷　シナノ印刷

ISBN978-4-89629-446-0